KB069372

청어詩人選 273

아파도 웃는 나라

임웅수 시집

도서출판 청어

아파도 웃는 나라

임웅수 시집

서시序詩

정다운노인대학 여는 날

노인대학을 연다는 일이
사람 일이지만
사람 일만은 아니더라.

산수유, 진달래 지천인 봄철에
아내의 몸을 붉은 두드러기가 점령한다.

쐐기풀에 찔린 듯 울음 터뜨리고
온몸이 악어가죽 같을 때에

녹번碌磻 푸른 돌산 궁전宮殿이
젖가슴 풀고 손짓을 보낸다.

주님 미리 세워두신 방주方舟에다
사랑과 정성으로 정다운노인대학을 열자

아내의 살에 독거미처럼 대들던
밤의 껍데기들이 기적처럼 사라진다.

노인대학을 연다는 일이
사람 일이지만
사람 일만은 아니더라.

2006. 06. 01

차례

4 서시序詩

1부 땀도 눈물도 생수生水더라

12 노인대학 등굣길
13 산수유나무처럼
14 기쁨
15 황금의 노래
16 유월의 비
18 사회복지사의 일
20 머리 염색하기
22 빗소리에 바라다
23 날마다 좋은 날
24 민들레가 진달래로
25 하찮아도 꿀맛
26 육개장 끓이기
28 하양이 소풍날
29 아파요
30 꽃샘꽃샘꽃시샘
31 꼬부랑길
32 어버이날의 기도
34 가는 길
36 아내의 마음
38 옹달샘에서
39 추억
40 조회시간 이야기
42 천국의 신비
44 하교하는 길
45 날마다 혼자
46 노인대학졸업식
47 눈물의 사진관
48 영광의 졸업장
49 재개발再開發 이후

2부 사랑도 기쁨도 공부더라

52 빛
53 매질하기
54 영혼목욕탕
56 은혜와 사랑
57 통일
58 새벽의 주님
60 두 개의 바다
61 하늘나라 수학
62 빈자貧者와 부자富者
63 커지는 기적
64 시물施物의 무게
65 믿음의 선물
66 교훈校訓
67 금식禁食과 애찬愛餐
68 비움과 채움
69 선한 사람
70 더 주시는 주님
71 나이
72 네 것 내 것
73 뿌리
74 감사
75 웃음소리
76 천국화장품
77 서로의 거울
78 음계音階의 속뜻
80 나는 누구일까요
81 쌀이 왔어요

3부 아파도 웃는 나라

84 외팔이 봉사대
86 참 바쁘셔요
88 물빛공원의 만나
89 아파도 웃는다
90 사랑의 힘
91 아파도 좋아서
92 독버섯
93 마음
94 물음
95 진짜 어른
96 주님의 바람
98 아파도 웃는 별님들
100 으뜸가는 선물
102 아파도 웃으며 살아요
103 내가 있기에
104 헌금獻金
105 경고등警告燈
106 경고등 이후
107 순자야 좀 놀자
108 변신變身
109 새벽기도
110 주님향기
111 상생相生

4부 정다운포도원葡萄園 연가

114 찬양을 말하다
116 포도연가葡萄戀歌
117 상속相續
118 그물질
119 아기의 웃음
120 연어 어미처럼
121 가물치 새끼처럼
122 소라게의 등짐
123 나전칠기장인螺鈿漆器匠人
124 완벽完璧을 만나다
125 버스 타기
126 잉어와 돼지
127 밭김
128 주님은 부싯돌처럼
129 백자처럼 청자처럼
130 곡선曲線의 힘
131 목자牧者
132 고향열차故鄕列車에 타라
134 천국노숙인天國露宿人
135 무쇠처럼
136 떨어지지 않는 낙엽
137 메롱
138 배구공처럼
139 독초毒草는 그냥 풀입니다
140 벌써 다 나왔다
141 꼬끼오 꼬꼬댁 꼬꼬
142 나의 길
143 설빔
144 나는 시인이다
145 빛의 씨앗이라도
146 정다운포도원
147 이사移徙

148 **시인의 말**

1부

땀도 눈물도 생수生水더라

교실에 목련처럼 가득 핀 정다운노인대학 꽃님들은 칠·팔·구학년이라 하얀 모시옷 입고 올라왔다가 일·이·삼학년 되어 진달래 옷 갈아입고 연분홍 웃음으로 내려가지요.

노인대학 등굣길

하늘 높고, 바람 온유하고, 정수리에 내리는 햇볕은 금침金針처럼 따가운데 언덕에서 하얀 학생들을 만났어요.

개학하는 날이라고 비닐봉지에 사탕을 싸들었네요. 옛날 스승의 날이 떠올랐어요. 까불이 정석이가 두꺼비소주 한 병과 오징어 한 마리 담긴 봉지를 들고 나와 종이컵에 콸콸 쏟았어요. 개구쟁이 상천이는 아버지 개소주 몇 팩을 냉장고에서 몰래 가져와서 나를 눈물 나게 했어요. 하지만 받는 나도 떳떳했고 주는 아이들도 그저 즐거웠어요. 그 추억 같은 주인공들이 지금 언덕을 오르네요. 하얀 꽃들이 꼬부라진 허리에 날숨들숨을 기적처럼 들이쉬고 내쉬면서 얼굴마다 웃음꽃 만발했어요.

서로 눈 맞추고 가파른 비탈길을 오르며, 흥얼흥얼 복음성가에 발을 맞추었어요. 주님, 이 꽃들 참으로 예쁘지요?

산수유나무처럼

산골山骨뫼 기슭에 샘물줄기 좇아 꼬불꼬불 올라왔어요. 지난 가을 산수유열매가 삼동 추위를 알몸으로 견디더니, 루비의 호롱을 달자고 혈맥血脈마다 노란 웃음을 켰습니다.
열매 보자고 제 손톱에 긁힌 산수유나무는 문둥이나무입니다. 십자가에 쇠못 박힌 주님의 손등 같은 문둥이나무입니다. 까치독사에 물린 주님의 입술 같은 문둥이나무입니다. 조롱의 창에 찔린 주님 옆구리 같은 문둥이나무입니다.
아침이슬로 칠보족두리 엮어 쓰고 아침햇살을 먹습니다. 골고다언덕을 적순 피처럼 영근 열매가 이른 봄을 밝힙니다. 땅속 구석구석 내린 뿌리들이 영혼 깊이 파고듭니다.
가늘고 좁은 하늘 길 오르려면 등짐봇짐 훌훌 벗어야 합니다. 베데스다연못 38년 묵은 병자보다 깊이 병든 저희에게 산수유 그늘로 걸어가라 하십니다.
어제까지 이 언덕에는 웃음보다 아픈 눈물만 고이고, 어제까지 이 마당에는 이기심 불꽃만 하늘에 타오르고, 도둑질만 무성하던 녹림綠林이었습니다.
오늘 노인대학에 오른 저희는 상처가 말끔히 나았습니다. 눈보라 헤치고 핀 산수유나무처럼 되었습니다. 어둠을 향하여 고운 입술로 노래하는 산수유아이들이 되었습니다.

기쁨

당신 때문에
저는 기쁘답니다.

당신을 알기만 해도
당신을 생각만 해도
당신과 자주 만날 수 없어도
당신과 함께 지낼 수 있어서
당신의 이름만 불러도
당신의 소문만 들어도

저는 행복합니다,
당신 때문에.

황금의 노래

주님은 저에게 양달에 나와 초록을 뒹굴며 철부지가 되어도 좋다고, 빗물에 뛰놀며 옷을 다 적셔도 좋다고, 달밤에 어깨춤으로 흥겨워도 좋다고 하셨습니다.

주님은 저에게 맨발로 모래를 밟아도, 풀밭에 누워 그윽이 하늘을 우러러보아도 좋고, 언덕에 앉아 별을 세어도 좋다고 하셨습니다.

주님은 저에게 메마른 살갗에다 싹을 틔워보라고, 뻣뻣하던 가지에다 잎을 돋우어보라고, 자갈밭 같던 머리에다 꽃을 피워보라고 하셨습니다.

주님은 저에게 어서 겨울을 뛰쳐나와 신록을 마시라고, 새 물동이에 새 물을 길어보라고, 흰머리 박꽃들에게 어린애의 영이 되어보라고 하셨습니다.

주님께 감사의 찬양을 드려보라고, 어린 이웃들에게 웃음으로 기쁘게 해보라고, 어둠에서 나와 햇빛으로 황금의 시를 써보라고 하셨습니다.

유월의 비

유월의 빗줄기를 타고
수정의 노래가 내립니다.

눈을 씻으러
입을 씻으러
귀를 씻으러
코를 씻으러
푸른 언덕을 올랐습니다.

뱃속을 비우고
가슴을 비우고
머리를 비우고
주먹을 비우고
하늘의 빛을 채웠습니다.

믿음의 노래와
소망의 노래와
사랑의 노래와
기쁨의 노래로
투명한 독을 채웠습니다.

유월의 빛줄기를 타고
수정의 노래가 내립니다.

사회복지사의 일

있을 때에 주어야
없을 때에도 줄 수 있고,

없을 때에 주어야
있을 때에 더 줄 수 있더이다.

돈만 있으면 될 줄 알았는데
그것만 가지고도 안 되고,

힘만 있으면 될 줄 알았는데
그것만 가지고도 안 되더이다.

정성만 있으면 될 줄 알았는데
그것만 가지고도 안 되고,

사랑만 있으면 될 줄 알았는데
그것만 가지고도 안 되더이다.

사회복지사가 되려면
주는 것도 알고 받는 것도 알고,

아프게 할 줄도 알고
아파할 줄도 알아야 하더이다.

머리 염색하기

일흔 살 된 사내 선생이
머리 염색하며 웃었습니다.

학생들의 평균나이 여든세 살
교실에 만발한 매화꽃들은 화선지처럼
주는 대로 드시고 칭찬으로 갚습니다.

–단추로 잠갔다면 선생님 속을 열어보고 싶어.
–무엇이 들어앉아 있을까?
–누가 살고 있을까?
–어떻게 생겼기에 노래도 모르는 게 없어?
–싸우는 법을 모르니, 부부싸움도 못 해봤을 걸.
–국어한문영어산수에 노래와 시도 가르치잖아?
–사탕볼펜공책가방 더 못 줘 밤낮 안달이잖아?
–방학 없으면 좋겠어.
–우리 보고 싶어 어떻게 살까?

계단에서는 엉금엉금 꽃게가 되고
휘어진 다리로 알파벳 O자를 쓰지만
머리는 연분홍 꽃띠랍니다.

일흔 살 된 사내 선생이
머리 염색하며 웃었습니다.

빗소리에 바라다

푸른 비가 송홧가루 씻듯
주님, 저희 어둠을 닦아주소서.

푸른 구름이 산수유 씻듯
주님, 저희 주름을 벗기소서.

솔밭에 불리는 바람으로
새 살 돋우시고 새 넋 키우소서.

빗소리처럼 찬양하게 하시고
자작나무처럼 믿음을 높이소서.

저의 사모思慕가 빛이 되어
갈보리 언덕을 오르게 하소서.

저의 수렁에 줄을 내리시어
또 다른 우주까지 닿게 하소서.

날마다 좋은 날

주님,
날마다 좋은 날 감사합니다.

오늘도 화창한 날씨를 주시어 노인대학을 열게 하신 은혜에 감사합니다. 푸른 싹을 주시고, 고운 꽃을 주시고, 온유한 바람과 맑은 하늘을 주시어 감사합니다. 알맞은 때와 즐거운 장소를 주시고, 신나는 음악과 빛나는 율동을 주시어 감사합니다. 몸이 불편해도 불평하지 않게 하시고, 숨이 허락되는 날까지 감사하며 살게 하소서. 몸은 느리고, 마음이 흐려도 주인공으로 살게 하시고, 귀한 재물과 맛있는 음식, 솜씨 좋은 일꾼들 주시었으니, 오늘 하루를 함께하시어 즐거운 시간 누리옵소서.

날마다 좋은 날 감사합니다,
주님.

민들레가 진달래로

우리 교실은 칠·팔·구학년 민들레꽃밭
꽃이야 하얗지만 꿈만은 연두색 새순이지요.

아내가 새벽부터 산나물 다듬어 애벌 헹구고, 두벌 헹구고, 세벌 헹궈 살랑살랑 버무리고 차곡차곡 탑을 쌓으면 몸에서 풋내 새롭고, 허리 끊어지게 아파도 하하하 웃지요.

알밤 속살 먹자면 손가락에 가시꽃물 들듯이 행복도 가시보자기에 싸여서 온다고 했으니, 태풍의 눈 같은 주님 품에 안기려면 파도고개도 넘고, 구름산도 헤쳐야지요.

교실에 목련처럼 가득 핀 정다운노인대학 꽃님들은 칠·팔·구학년이라 하얀 모시옷 입고 올라왔다가 일·이·삼학년 되어 진달래 옷 갈아입고 연분홍 웃음으로 내려가지요.

그리고 언덕에서 우쭐우쭐
손나팔 크게 부는 아기 되지요.

하찮아도 꿀맛

왁자지껄
점심시간

이게 무장아찌 아녀?
이게 무말랭이 아녀?

어쩌면 이렇게 아삭 아삭 맛있대?
어쩌면 뒷맛이 입에 착착 감긴대?

우리 며늘애도 이렇게 해주면 좋을 텐데?
우리 딸년들도 이렇게 해주면 좋을 텐데?

같은 무말랭이지만 왜 맛이 달라?
같은 무장아찌지만 왜 맛이 달라?

입맛은 다 마음 아녀?
입맛은 다 정성 아녀?

왁자지껄
점심시간

육개장 끓이기

나는 아직 이불에 숨어 밤중인데
아내는 음식 준비로 아침을 열어요.

조심조심 연주하는 도마질에
쇠고기가 워낭의 노래를 부르고,

설설설설 물 끓는 소리에
고사리가 정선아리랑을 부르지요.

토란대궁이 푸른 노래로 장단하고
숙주나물이 하얀 춤으로 잠수하지요.

얼음공주 김연아의 요염한 무도
수영왕자 박태환의 힘찬 프로펠러.

진양조로 돌고 돌아 강강술래
중모리로 돌고 돌아 강강술래
중중모리로 또 돌며 강강술래

달 담담 지도록 자진모리로 돌고
해 둥둥 뜨도록 자진모리로 돌아.

매콤한 굿거리장단에
무쇠 솥이 진땀을 빼면,

햇볕에 부끄럼타는 육개장
발그레한 사랑의 놀이판이지요.

하양이 소풍날

가을햇볕 좋은 오후, 공부 마친 하얀 공작들이 서울월드컵평화공원을 돕니다.

여든넷 보식할머니는 동요를 물레처럼 뽑으며 복숭아 빰이 되고, 여든하나 순덕할머니는 여기가 에덴동산 아니냐며 손뼉을 치고, 일흔아홉 영애할머니는 이게 웬 행복이냐며 하늘공원을 우러르고, 일흔넷 찬문할머니는 곶감 같은 입술 동그랗게 휘파람을 불고, 일흔셋 영주할머니는 낙엽에 드러누워 소녀처럼 달아오르고, 동갑내기 칠순의 정자할머니는 바람 탱탱 풍선되어 한강으로 흘러가고, 예순여섯 무용선생 순자할머니는 유치원 아기처럼 아장아장 신이 났습니다.

하늬바람에 반달호수 금붕어가 연지곤지 내다보는데 단풍잎 붉게 들러리섭니다.

아파요

아야야
아프다

봄꽃 피우재도 생살 찢기며 꽃샘에 맞서는데, 날마다 교실 열자면 하루하루 피로 익는 아픔이지만 우리는 다 웃어버리지요

아야야
아프다

꽃샘꽃샘꽃시샘

꽃샘꽃샘꽃시샘,
꽃샘바람 불어도, 꽃샘눈발 나부껴도, 노인대학 언덕에는 노래의 꽃 핍니다. 한 발자국 떼고 허리 한번 두드리고, 또 한 발자국 떼고 무릎 한번 움켜쥐고, 다시 한 발자국 떼고 턱에 찬 숨 고르며, 가파른 고갯마루에 주님의 꽃이 핍니다.

아직은 추운 방에 하얀 비둘기들이 소복이 모여 손뼉을 칩니다. 여든이 넘었어도 이제 시작이라며 웃음 짓는 샘물이 되고, 힘든 우리나라를 내 기도로 지킨다고, 꽃샘바람 불어도 꽃샘눈발 나부껴도 교실에 한가득 주님의 꽃이 핍니다.
꽃샘꽃샘꽃시샘.

꼬부랑길

포장도 안 된
산山 1번지 꼬불 길.

지는 해 아쉬워
한숨은 피어오르고,

돋는 달 시려서
가슴이 하얘져도,

주님 함께하시니
단골처럼 따뜻한 길.

어버이날의 기도

하늘 높은 오월을 주시고, 어버이날을 열어주시고, 고귀한 생명을 낳아주시고, 아름다운 세상에 함께 살게 하시고, 선한 이웃들과 진정한 교제를 허락하시고, 외로운 어르신들을 주인공으로 보내주심에 감사합니다.

어르신들을 아름다운 인격체로 존중하고, 진심으로 신뢰하고, 넉넉히 사랑하고, 서로 협력하고, 한결같은 마음으로 대하게 하소서. 저 스스로 올바른 삶의 귀감이 되고, 어르신들의 도우미로서 날마다 공부하고 준비하게 하소서. 어르신들이 독립심과 책임감으로 가정과 이웃과 사회에 화합할 수 있도록 본을 보이게 하소서. 얼마 남지 않은 어르신들이 앞길을 밝게 열어갈 수 있는 자신감을 갖도록 돕게 하소서. 어르신들의 생각을 가로막거나 무시하지 않게 하시고, 어르신들이 어리석은 행동을 하거나 실수할 때에 비웃지 않게 하시고, 제 만족이나 체면을 세우려고 어르신들을 업신여기지 않도록 살피소서. 제 말과 행동을 통하여 정직함이 귀하다는 것을 느낄 수 있게 하시고, 기분이 언짢을 때에 제 입술을 지켜주시고, 어르신들이 젊은이처럼 행동할 수 없다는 것을 항상 기억하게 하소서. 어르신들이 스스로 결정을 내릴 때까지 기다리게 하시고, 어르신들 스스로가 옳고 그름을 판단할 때까지 인내하게 하시고, 항상 예의 바르고, 정직하고, 친절하여 신뢰받는 도우미가 되게 하소서.

제가 어르신들의 돋보기가 되게 하시고, 어르신들의 확성기가 되게 하시고, 어르신들의 지팡이가 되게 하시고, 어르신들의 보청기가 되게 하시며, 어르신들의 같은 물음에 계속 응답할 수 있도록 만드심에 감사합니다.

가는 길

고향 가는 길에 물 만나거든
거슬러 헤쳐 건너려고
물살과 맞서는 게 아니랍니다.

미투리랑 버선일랑 벗어 버리고
아랫도리 윗도리 홀랑 벗어버리고
강물에다 알몸으로 안기랍니다.

물살에 가만히 몸을 얹고
꽃잎처럼, 구름처럼
물길에 업혀 떠내려가랍니다.

강물은 떠밀지 않고
자궁처럼 온유하니
자장가에 다소곳이 잠기랍니다.

몸을 맡기고 마음 맡기고
식구도 맡기고 돈도 맡기고
오늘을 맡기고 내일도 맡기랍니다.

너는 물 먹고, 물도 너 먹어
둘이 하나 되어야
서로 품고 건너게 되더랍니다.

아내의 마음

고추 하나라도 곱고 싱싱한 걸로
오이 하나라도 곧고 윤나는 것으로

김치 한 접시라도 더 탐스러운 걸로
나물 한 접시라도 더 빛깔 좋은 것으로

고기 한 점이라도 살코기로
생선 한 접시라도 가운데토막으로

굳은 팔꿈치로 채소전을 누비고
부은 무릎으로 푸줏간을 달리면서

텔레비전에서 특선음식 배우고
인터넷을 뒤져 고향 맛을 내서

손은 시려도 따끈히 드시게
속은 비어도 넉넉히 잡숫게

참기름 한 방울이라도 더 치고
들기름 한 방울이라도 더 치고

어르신을 엄마처럼 모시려는 아내
어르신을 주님처럼 섬기려는 아내

옹달샘에서

손거울만한 옹달샘에
눈물처럼 지혜가 고입니다.

가을은 단풍으로
노인들을 적습니다.

맑게 맴도는 그리움에
징소리 같은 찬양 소리,

육신은 피곤해도 가벼운
사차원四次元의 선학仙鶴들.

추억

눈물 하 설워
꽃부채 됨이여.

구순九旬의 꽃나이에
소녀처럼 달아오름이여.

팔순八旬의 댕기로
꼭두서니 춤을 춤이여.

잊혔던 할머니의 추억들이
꽃잎을 떠들고 나섬이여.

눈이 맵도록 향기로운
열여덟 꽃잎이여.

입술마다 안개꽃 피고
불새처럼 새 꿈으로 낢이여.

가슴에는 흰 나비의 춤
느껴워라, 금빛 나이테여.

조회시간 이야기

아흔두 살, 신申 할머니는
환갑내기 홀아비 아들이 밤새 설사해서
'나 못 가유' 하십니다.

일흔일곱 살, 꽃순이 우禹 할머니는
아들목사 개척교회에 십의 십조를 마련한다고
급식 아르바이트 가서 못 오십니다.

침대에서 스르르 미끄럼타신
여든아홉 살, 김金 할머니는 팔에 붕대를 감고도
왼 팔이라 뒤는 씻는다고 히히 웃으십니다.

여든 살, 한韓 할머니는 암수술 받고도
좀이 쑤셔 못 배기겠다고
지팡이 운전하며 언덕길을 오르십니다.

봄 감기에, 사흘 금식에 무화과처럼 쪼그라진
여든아홉 살, 윤尹 할머니는
덜컥덜컥 틀니로 '아파도 웃는다'고 외치십니다.

아흔네 살, 대장소녀 이李 할머니는
기역(ㄱ)자 몸을 우두둑우두둑 펴시면서
'나는 행복합니다'를 우렁차게 부르십니다.

천국의 신비

북한산바람을안고어디론지숨어버린저새들의노랫소리와폐허처럼묻혀버린저들판에파란새싹들이함박웃음을안고찾아온아봄날답답하게가두어두었던사랑을품고참된사랑이있는곳북한산바람을안고우리가사랑받고있는곳정다운노인대학을찾아왔네누군가를사랑한다는것은가슴이아플때까지끊임없이주는것어머니의따뜻한사랑의마음나는상상만하던천국의신비를찾았네-김복련어르신(90세)편지

어디엔가 산새 노래를 들리겠지
폐허된 들판에도 숨소리를 찾겠지
꿈의 파란 새싹을 앞세우고 찾아왔어요.

막혔던 마음이 열리고
사랑이 눈물처럼 솟아서
나누지 않고는 못 배기는 곳.

사랑이라는 게
가슴 아플 때까지 주는 것임을
엄마처럼 일깨워주는 곳.

하얀 나이들이 마음 놓고
춤추고, 노래하고, 먹고, 마시며
함박웃음으로 우정을 키우는 곳.

상상만 하던 천국의 신비를
나는 찾았어요,
북한산 꽃자리 정다운노인대학.

하교하는 길

봄비가 춤판을 거두자
사람냄새에 취한 노인들이,

산수유꽃 도랑
생강나무꽃 도랑
민들레꽃 도랑
개나리꽃 도랑
산벚꽃 도랑
산목련꽃 도랑
개복숭아꽃 도랑
진달래꽃 도랑
철쭉꽃 도랑
이팝나무꽃 도랑이 되다가
꽃댕기처럼
꽃다님처럼
꽃목도리처럼
꽃동아줄처럼
제나라 마당으로 돌아갑니다.

봄비야, 이 외로운 밤
자장가 가만가만 불러드리렴.

날마다 혼자

주님, 도우소서.
열이면 열이 다 이가 부실해 소화가 안 되고, 추적추적 눈곱도 많이 끼고, 날마다 변비로 엉덩이가 저리고, 요실금尿失禁으로 질금질금 때도 없이 지리고, 살갗은 까슬까슬 쭈글쭈글 먼지가 나고, 목소리는 가래 때문에 쇳소리가 나고, 사지삭신에 힘이 빠져 후들후들 떨리네요.

주님, 도우소서.
날마다 혼자 먹어야하고, 혼자 싸야하고, 혼자 놀아야하고, 혼자 방귀신되고, 혼자 씨불거리다 혼자 자니, 긴 겨울밤 어찌 보낸대요? 저희를 불쌍히 여기시어 쾌식快食하고, 쾌변快便하고, 쾌뇨快尿하고, 쾌성快聲하고, 쾌면快眠하고, 쾌통快通하고, 쾌유快遊하게 하소서.

노인대학졸업식

–식모살이할 계집애가 글은 뭐하러 배워
–시집이나 가면 그만인 게 학교는 뭐하러 다녀
–목구멍에 풀칠도 어려운데 공부는 뭐하러 해

책가방은 구경도 못하고, 서당은 문턱도 못 밟아 본 채 오라비한테 밀려 상머슴이 되면서, 남동생한테 밀려 부엌때기 노릇만 하면서, 부러움에 눈만 팅팅 부어서, 손끝에 물마를 날 없이 험한 음식으로 살았어라.
토깽이고개, 괭이고개, 살쾡이고개, 호랑이고개 넘어서야 춤도 배우고, 노래도 배우고, 국어도 배우고, 한문도 배우고, 영어도 배웠어라. 가사는 못 읽어 울음 반, 설움 반으로 외우다보니 그림삼아 한글도 깨쳤어라.

–이놈의 졸업가운이 왜 이리 무거운지
–이놈의 사각모가 왜 이렇게 매콤한지
–교수님 목소리에 어째서 목이 메는지
–학장님 얼굴이 어째 뿌옇게 보이는지

주님, 참말 거시기 하구먼요,
기뻐서 눈물 나는 노인대학졸업식.

눈물의 사진관

사각모자에 가운 걸치고
마지막 졸업사진 찍자고 했더니,

주름살이 많아서 싫어요.
귀한 인생훈장인데 왜 그러세요?
앞니가 빠졌는데 뭘 찍어요?
제가 손질해서 다 채워드릴게요.
지팡이 짚고 무슨 사진을 찍어요?
지팡이는 안 나오게 찍을 게요.
배가 아파서 못 나가요.
응? 왜 갑자기 배가 아플까요?
금세 죽을 텐데 무슨 사진을 박아요?
영정사진이라 생각하고 곱게 찍으셔요.
결석이 많아 미안해서 못 찍어요.
그래도 3년을 채우셨잖아요?

못 이기는 체 끌려나와 찍으시며
가슴 젖고, 눈이 아려 못 견디겠어요.

영광의 졸업장

주님의 이름으로
당신을 사랑합니다.

당신은 산수유를 노래하며 언덕에 올랐습니다. 진달래꽃 희롱하며 언덕에 올랐습니다. 송홧가루 마시며 언덕에 올랐습니다. 아카시아향기에 취하며 언덕에 올랐습니다. 소나무녹음 벗 삼아 언덕에 올랐습니다. 소나기소리에 젖어 언덕에 올랐습니다. 단풍그늘에 끌려 언덕에 올랐습니다.

당신은 삼년세월을 정다운노인대학에서 주인공으로 지내면서, 믿음의 교실 지나 소망의 교실로, 소망의 교실 지나 사랑의 교실에 닿았습니다. 당신은 정성과 도움으로 하나가 되었기에 가파른 천국계단에도 힘들어하지 않았고, 허리가 꼬부라져 걸음이 안 걸려도 아파하지 않았습니다.

하여 영광의 졸업장을
당신께 드립니다.

재개발再開發 이후

정다운노인대학은 2006.6.1에 서울특별시은평구녹번동산1번지 베데스다교회에서 개교하여 운영하다가 재개발되어 휴교하고, 2015.9.1에 신사2동 신영교회에서 개학하였으나 2016.9.29에 다시 신사1동15-60 자택으로 옮겨 어르신들을 섬기다가 코로나19의 훼방으로 2020.9.30에 폐업신고를 하게 되었다.

베데스다예배당을 떠나자 동네 신영예배당에서 교실을 내주시어 칠십 명이 날마다 북적북적 꽃밭을 일구다가 신사1동 지산빌라 자택을 갈 데 없는 할미꽃들의 새 터전으로 삼았어요.

작은 집이지만 스무 명쯤 보내주시고 섬기는 이를 항상 대여섯 명씩 예비하시니 옹색해도 우리부부의 마음은 대궐이었어요.

오늘따라 멸치다시에 버섯전골을 끓이는 아내의 눈빛이 시냇물처럼 맑아서 상차림에 청소에 학생마중에 배식에 학생배웅에 설거지를 또우며 나는 이미 부자富者가 되었어요.

아내여, 우리 날마다 새로워져요. 코로나19 바이러스가 흔들어 속빈 강정이 되었지만 숱한 꽃들을 위해 기도하며 살아요.

2부

사랑도 기쁨도 공부더라

새벽의 주님은
나를 성내게 만든 것에게 고통을 주려다가는 더 큰 고통을 받게 되는데 노력만으로는 성냄을 이길 수 없으니 용서로써 성화의 문을 닫으라고 하셨습니다.

빛

저는 빛입니다.
생명의 빛으로 세상을 인도하시는 빛으로부터 빛을 받고, 빛의 근원을 향해 끊임없이 흘러가는 빛의 씨앗입니다.

저는 빛입니다.
빛이 빛을 잃으면 세상이 암흑에 빠지고, 빛이 빛을 잃으면 도덕이 타락하고, 빛이 빛을 잃으면 집안이 무너집니다.

저는 빛입니다.
저는 받은 빛을 이웃에게 골고루 비추고, 이웃은 제 빛을 마시고 새 빛으로 세상을 밝히면서 살아가야 합니다.

저는 빛입니다.
저는 빛의 아들로서 믿는 사람이나 믿지 않는 사람에게 선한 빛이 되어야 하고, 언제나 빛 가운데로 걸어가야 합니다.

매질하기

늙은이는 못 쓰게 되는 게 아니라 작아지고, 낮아지다가 노련해지는 것입니다.

단단한 곡식이 부서져야 빵이 되고, 질기고 단단한 먹을거리가 부서져야 양식이 되듯, 좋은 제자가 되려면 철저히 잘게 부서지는 과정을 겪어야 합니다.

농부는 곡식이 신음으로 저항해도 멍석에 펴놓고 도리깨를 한참 내려칩니다. 미워서 때림이 아니라 껍데기를 벗기고 알곡과 쭉정이를 가리기 위함입니다.

주님도 회초리를 대시는데 내가 이렇게 아픈데 어찌 믿고 따르겠냐고 불평을 하지만 주님은 더 오래 때려 더 부수고, 더 깨고 죽여서 새롭게 하십니다.

주님은 매질로 노련해진 사람을 찾고, 사랑으로 다그쳐 아프게 하신 만큼 긴히 쓰십니다.

영혼목욕탕

기사–혹시 목사님이세요?
승객–아니, 장로입니다. 혹시 교회 다니세요?
기사–교회요? 전에 가보긴 했는데 사기꾼 많고, 정떨어져 다시는 안 갑니다. 이기주의가 심해서 상종하기도 싫습니다.

그러셨군요. 택시기사님의 심정 이해합니다. 하지만 바꾸어 생각해 보시죠. 교회라는 곳이 동네 목욕탕 같습니다. 목욕탕은 몸과 마음이 더러워진 사람들이 때를 씻자고 찾아오는 더러운 곳이잖아요? 처음 목욕탕에 가면 이제 막 옷을 벗는 사람, 탕에 들어가려고 물 끼얹는 사람, 탕에 들어가서 때를 불리는 사람, 겉때를 밀기 시작하는 사람, 겉때를 어느 정도 벗겨내고 속때를 미는 사람, 머리 감는 사람, 이를 닦는 사람, 샤워를 하는 사람, 머리를 말리는 사람, 거울을 보며 화장을 하는 사람, 몸무게를 달아보는 사람, 옷을 입는 사람 등, 천차만별 다양하잖아요? 교회도 목욕탕 같은 곳이지요. 죄의 크기, 기간, 정도가 다른 온갖 사람들이 찾아오는 곳이지요. 나름대로 찾아와 말씀을 듣고, 저만의 때를 한 겹씩 또 한 겹씩 벗기는 곳이랍니다.

그렇기에 기사님은 겨우 때를 벗기는 사람만 보신 것입니다. 그들은 초보운전자 같아서 남에게 물도 튀게 하고, 귀찮게 하고, 시끄럽게도 합니다. 교회는 아버지 같은 주님을 만나서 말씀을 들어 죄의 때를 벗기고, 새 피와 새 살로 세상에 다시 나가서 영원한 행복을 누리도록 도와주는 영혼목욕탕입니다. 너그러운 기사님이 목욕탕에 다시 가보시면 어떨까요.

제가 택시를 몰면서 교회가 이런 데라고 간단명료하게 설명해주는 손님은 처음입니다. 꼭 시간 내서 교회에 다시 가보겠습니다. 손님 덕분에 기분이 좋아졌습니다.

은혜와 사랑

저는 은혜입니다
아기처럼 날마다 새로워야 합니다
아침처럼 날마다 싱싱해야 합니다
유통기한을 날마다 살펴야 합니다
사용승인을 날마다 받아야 합니다
원산지를 날마다 확인해야 합니다
발송인을 날마다 물어봐야 합니다
주님에게 날마다 보고해야 합니다
적더라도 날마다 감사해야 합니다
저는 사랑입니다

통일

주님은 선물로 주신 이 나라가
통일되어야 한다고 하셨습니다.

성도가 하나 되고
교회가 하나 되듯

통일을 바르게 생각하고
조심스럽게 말해야 합니다.

통일은 도둑같이 찾아오니
등불을 켜고 기다려야 합니다.

힘과 머리를 하나로 모아
통일을 향하여 달려야 합니다.

주님은 선물로 주신 이 나라가
통일되어야 한다고 하셨습니다.

새벽의 주님

새벽의 주님은
네가 한 사람에게 밉다고 하면 너는 백 명에게 밉다는 말을 듣게 되는데 네가 사랑한다는 말을 들으려면 백 명에게 사랑한다고 먼저 말하라고 하셨습니다.

새벽의 주님은
나를 성내게 만든 것에게 고통을 주려다가는 더 큰 고통을 받게 되는데 노력만으로는 성냄을 이길 수 없으니 용서로써 성화의 문을 닫으라고 하셨습니다.

새벽의 주님은
몸이건 마음이건 아픔을 이해하면 아픔이 가시고 아픔을 사랑하면 치유가 시작되며 아픔과 동행하면 아픔의 뿌리를 도려내서 웃게 된다고 하셨습니다.

새벽의 주님은
더러 허무하여 일이 손에 잡히지 않고 삶이 흔들려 위로 받고 싶은 날이 있으니 평강을 얻으려면 샤론의 꽃을 마음에 심고 가꿔 꽃피우라고 하셨습니다.

새벽의 주님은
더러 세상이 불안하여 작은 바람에도 겁나니 내 빛으로 너를 둘러 구름이 범접하지 못하게 하고 내 향기를 가슴에 품어 세상에 빛을 되쏘라고 하셨습니다.

두 개의 바다

이스라엘 땅에는 갈릴리바다와 사해死海가 있습니다. 하프모양 갈릴리바다는 생명의 바다인데 소금의 바다인 사해死海는 죽음의 바다랍니다.

받은 물을 정화시켜 요단강으로 보내는 갈릴리바다는 어부들의 생활터전이지만 요단강물을 받고 가두기만 하는 사해에서는 물고기가 못 산답니다.

갈릴리바다는 인품 높은 사람, 자선 베푸는 사람, 남을 살리는 사람이지만, 사해는 수준 낮은 사람, 인색한 사람, 남을 죽이는 사람이랍니다.

재물이 들어오면 다시 나누어 주는 갈릴리바다 같은 사람이 있고, 재물이 들어오면 베풀지 못하고 쌓을 줄만 아는 사해 같은 사람도 있답니다.

갈릴리바다에서 산 제자를 키우시고 기적을 보이시며, 사해처럼 죽어가는 사람들의 영혼을 구원하신 주님을 우리도 만나고 닮아야 한답니다.

하늘나라 수학

하나를 열로 나누면 나뉜 것이 천 배, 만 배로 분다는 게 하늘나라 수학이랍니다. 가진 것이 적어도 나누다보면 불편한 점은 있지만 부족했기에 오히려 넉넉해지는 기쁨을 알고, 작은 것에도 감사하게 되어 편안해진답니다.

삼각함수, 미적분, 우주선을 올리는 것보다 어려운 수학이 주님한테 받은 복을 따지는 것이랍니다. 받은 복이 별로 없다는 답을 얻으면 가난한 사람이고, 남이 가진 것이 부러워 마음이 마이너스라면 정말 가난한 사람이랍니다.

받은 복이 적어도 감사하면 마음이 부유해져서 사소한 것까지 소중히 여기는 멋진 사람이 된답니다. 어려운 수학을 쉬운 수학으로 만드는 것은 받은 복을 계수計數하지 않고, 손해를 보아도 기쁨으로 살아가는 것이랍니다.

빈자貧者와 부자富者

그는 빈자입니다.
돈을 위하여 일하면서 푼돈을 아껴 뭐하냐며, 그냥 마구 써 버리고, 실패하면 사실을 감추거나 남의 탓으로 돌려버립니다.

그는 부자입니다.
돈이 나를 위하여 일하게 하고, 10원짜리 동전 하나도 허투루 쓰지 않으며, 실패하면 나의 생각이 모자랐음을 뉘우칩니다.

나는 누구일까요.
주님 안에 살면 부자이고, 주님 밖에 살면 빈자랍니다. 주님이 나랑 사시면 부자이고, 주님이 나를 떠나시면 빈자랍니다.

커지는 기적

—사랑은 참으로 버리는 것 더 가지지 않는 것. 사랑은 참으로 베푸는 것 더 가지지 않는 것. 사랑은 참으로 섬기는 것 더 가지지 않는 것. 사랑은 참으로 다 주는 것 더 가지지 않는 것

꿈·믿음·희망·사랑은 나눌수록 커지는 기적의 씨앗이니, 꿈은 꿈을 부르고, 믿음은 믿음을 더하고, 희망은 희망을 낳고, 사랑은 사랑을 키우니, 좋은 것은 나눌수록 더 커진답니다.

—이상하다 동전 한 닢 움켜잡으면 없어지고 쓰고 빌려주면 풍성해져 땅위에 가득 차네. 이상하다 동전 한 닢 움켜잡으면 없어지고 쓰고 빌려주면 풍성해져 땅위에 가득 차네

내가 먼저 인사하고, 내가 먼저 믿어주고, 내가 먼저 이해하고, 내가 먼저 희망을 주고, 내가 먼저 사랑하고, 내가 먼저 베풀고 나누면서 더 커지는 기적을 만들어가야 한답니다.

시물施物의 무게

목사, 신부, 승려 들은 농부나 어부, 노동자 같은 생산자가 아니라 백성의 덕으로 사는 절대 소비자입니다. 하늘과 사람이 내려주는 것들을 시물이라 부릅니다. 가난한 사람, 한 많은 사람, 노인, 어린아이까지 평안과 복을 바라며 바칩니다.

유정惟政이 산길을 오르는데 한 승려가 헐레벌떡 내려오더니 맑은 물이 흐르는 계곡에서 배춧잎 하나를 건져 산길을 올라갑니다. 뒤를 십여 리나 따라가서 만난 승려에게 물었습니다.
"십리 길을 고작 배춧잎 하나 주우려고 내려오셨습니까?"
"고작이라니요? 세상이 내리는 게 다 시물인데 공짜로 먹고 사는 자가 어찌 배춧잎 하나를 소중히 여기지 않는단 말이오?"
유정惟政은 그 말을 듣고 승려가 되었답니다. 승려는 공짜로 먹고사는 사람이니, 승려가 되려면 배춧잎 하나라도 아끼고 소중히 여겨야 한다는, 그것이 구도자의 기본자세 아닙니까?

사랑과 진리를 말하고, 시물을 먹고 지내면서 바치는 사람의 평안을 위한 기도보다 저의 이념과 이기심을 위하여 광장廣場을 태우고 있으니, 그 목사, 그 신부, 그 승려 들은 구도자의 기본자세를 알기는 아는지 모르겠습니다.

믿음의 선물

공기가 눈에 보이지 않지만 세상을 살리듯이, 태양에너지가 눈에 보이지 않지만 생명을 움직이듯이, 믿음이야말로 눈에 보이지 않지만 세상을 살리고 사람을 움직인답니다.

칠레 북부 산호세광산의 지하 70미터 갱도에 갇혀있던 33인의 광부가 69일 만에 구출되었답니다. 그들은 두려움을 잊으려 서로 끌어안고, 숨을 쉬고 있는 한 살아날 수 있다는 믿음으로 무릎 꿇고 기도했답니다. 구조된 한 광부는 우리가 땅속에서 주님과 함께 있었고, 그 손을 잡았기에 밖으로 나올 수 있었으니, 우리는 주님에게 구조된 것을 확신한다고 말했답니다.

주님은 나를 살려내려고 믿음을 주시는 분이니, 위기에서 요구되는 것은 믿음이랍니다. 믿음은 간절히 바라면 이루어지는 실상이고, 최고의 선물이며, 최고의 에너지랍니다.

교훈校訓

노인대학의 교훈은
믿음+순종+섬김+감사랍니다.

찾아오는 학생들을
주님으로 여긴답니다.

주님은 어려움을 알아주시고
주님은 부족함을 알아주시고
주님은 아픔까지 알아주시니,

먼저 주님의 성품을 배우고
섬김을 생각한답니다.

금식禁食과 애찬愛餐

금식을 하려면 먹을거리 금식에서 한 단계 올려서 꼬집음을 금식하고, 노여움을 금식하고, 시기질투를 금식하고, 거짓을 금식하고, 미움을 금식하고, 핑계를 금식하고, 불평불만을 금식하고, 교만을 금식하고, 이기심을 금식하고, 의심을 금식하며 주님을 향하여 한 걸음 더 나아간답니다.

애찬을 하려면 먹을거리 즐김에서 한 단계 올려서 칭찬애찬을 즐기고, 온유애찬을 즐기고, 사랑애찬을 즐기고, 진정애찬을 즐기고, 용서애찬을 즐기고, 책임애찬을 즐기고, 감사애찬을 즐기고, 겸손애찬을 즐기고, 이타심애찬을 즐기고, 믿음애찬을 즐기며 주님을 향하여 한 걸음 더 나아간답니다.

비움과 채움

마음을 비우면 아름답고
기쁨을 채우면 감사해진답니다.

지나침은 부족함만 못하고
스스로 비우면 행복해진답니다.

무엇을 비울지
어떻게 채울지를 생각한답니다.

비우고, 채우다 보면
세상이 점점 넓어지니,

저를 먼저 비우고
저를 먼저 채워야 한답니다.

세월은 그저 흘러가는 게 아니라
비우고 채우고 비우는 행진이랍니다.

선한 사람

선한 사람은 드러내지 않고
이익을 지우기에 존경받는답니다.

선한 사람은 남에게 대들지 않아
이웃도 그에게 대들지 않는답니다.

선한 사람은 저를 비우기에
오히려 이웃이 챙기려 애쓴답니다.

선한 사람은 저를 낮추기에
선한 사람들이 더 찾아든답니다.

더 주시는 주님

주님께서는
주는 것보다 더 주십니다.

좋은 것이 있어도 쓰지 않으면
좋은 것이 생각나지 않게 하시고

좋은 것을 주면 더 좋은 것을 주게 하시고
좋은 말을 하면 더 좋은 말을 하게 하시고
좋은 글을 쓰면 더 좋은 글을 쓰게 하시고

제 옹달샘에서 나쁜 물을 흘려주면
더 나쁜 물이 고이게 하시고

제 옹달샘에서 좋은 물을 흘려주면
더 좋은 물이 고이게 하시고

주님께서는
주는 것보다 더 주십니다.

나이

불의 나이에는
촛불이었고, 숯불이었고, 횃불이었고, 모닥불이었고, 활화산이었고, 번개였는데

물의 나이에는
구름이었고, 이슬비였고, 소나기였고, 장맛비였고, 폭풍우였고, 집중호우였는데

돌의 나이에는
낮춤이었고, 참음이었고, 줄임이었고, 나눔이었고, 베풂이었고, 사랑이었습니다.

네 것 내 것

당신은
내 것은 내 것이고
네 것은 네 것이라는 생각으로
사십니까?

당신은
내 것은 내 것이고
네 것은 내 것이라는 생각으로
사십니까?

당신은
내 것은 네 것이고
네 것은 네 것이라는 생각으로
사십니까?

뿌리

나무는 뿌리가 있어
땅에 깊이 묻고 살아가는데

비도 뿌리가 있어
번개를 태우며 살아가는데

우물도 뿌리가 있어
지하수를 그리며 살아가는데

안개도 뿌리가 있어
호수에 안기며 살아가는데

나는 뿌리가 어디이기에
이렇게 떠돌기만 하는 것입니까?

나는 뿌리가 누구이기에
밤낮 유턴을 일삼는 것입니까?

감사

우리는 포도주와 주님의 이야기를 잘 압니다. 항아리는 예배당이고, 물은 보통사람이며, 포도주는 복음으로 성결하게 다시 태어난 사람입니다. 주님은 물을 어떻게 바꿔야 할까? 어떻게 살려야 할까? 항상 지켜보심에 감사합니다.

주님께 겸손히 기도합니다. 주님의 뜻에 순종하고, 주님의 은혜를 기억하고, 주님의 도우심에 의지하고, 주님을 높여드리고, 주님 안에서 늘 자유롭고, 주님 생각으로 평온하며, 하늘의 뜻이 실현되기를 기도하게 하심에 감사합니다.

주님을 못 먹으면 어떡합니까? 입을 주심에 감사합니다. 주님을 못 보면 어떡합니까? 눈을 주심에 감사합니다. 주님의 향기를 못 맡으면 어떡합니까? 코를 주심에 감사합니다. 주님의 말씀을 못 들으면 어떡합니까? 귀를 주심에 감사합니다.

주님께 달려가는 발을 주심에 감사하고, 건강한 육신을 주심에 감사하고, 힘들어도 일하게 하심에 감사하며, 청정하고 지혜로운 영을 주심에 감사하고, 가족과 가정을 주시고 지켜주심에 감사하고, 감사하며 살게 하심에 더욱 감사합니다.

웃음소리

하하下下. 낮춘 풀이 태풍을 이기고 웃지요. 이슬이 낮추어야 뿌리에 물을 대지요. 머리 숙인 벼가 자손을 잇는답니다.

허허虛虛. 마음을 비우고 넓혀야 웃지요. 가벼워야 깨끗해지지요, 깨끗이 자리 비워야 주님을 모실 수 있답니다.

호호好好. 젖먹이를 안고 편안한 어머니 모습처럼 가족과 이웃과 세상의 관계, 주님과의 관계가 좋아야 웃는답니다.

후후厚厚. 마음이 넉넉해야 웃지요. 사랑과 믿음과 나눔에 주님처럼 두툼하고 푹신한 이부자리가 되어야 한답니다.

희희喜喜. 마음이 기뻐야 웃지요. 만남과 일이 기뻐야 하고, 베푸는 일도 기뻐야 하며, 주님을 만남도 기뻐야 한답니다.

해해海海. 용서해야 웃지요. 죽은 물을 받아 살려내는 바다처럼 끝까지 용서하시는 주님의 은혜에 감사해야 한답니다.

천국화장품

우리 화장품의 원산지는 천국이랍니다.
노인대학이 주문 생산하여 거저 주니 빠짐없이 신청하세요.

낯 씻는 데에는 회개비누가 엄지랍니다. 먼저 회개하면 근심걱정과 어둠의 뾰루지들이 죄 숨습니다.
기초화장에는 미소로션이 으뜸이랍니다. 콜라겐이 많아 심신이 부드러워져서 보는 이까지 웃음을 낳게 합니다.
입술단장에는 칭찬립스틱이 좋답니다. 파수꾼 천사를 세워주시니 분노와 욕지거리와 험담이 달아납니다.
눈에는 봉사안약이 잘 쓰인답니다. 눈이 예쁘고 맑아져서 보이는 것마다 아름답게 보입니다.
주름에는 기쁨크림이 잘 나간답니다. 눈시울이 팽팽해지고 눈빛이 순해져서 세상이 밝게 보입니다.
피부영양제로는 감사비타민이 인기랍니다. 우울증, 불안초조, 두려움의 비듬과 기미와 검버섯이 다 사라집니다.
최고의 향수는 사랑샘물이랍니다. 이 향기에 세상 남녀가 다 손을 흔들며 따라옵니다.
마무리는 기도랍니다. 기도를 통하여 예뻐짐은 물론 소망과 행복을 영원까지 누리게 됩니다.

노인대학이 주문 생산하여 거저 주니 빠짐없이 신청하세요.
우리 화장품의 원산지는 천국이랍니다.

서로의 거울

초겨울 점심상에
햇볕이 소복합니다.

아내는 오른쪽 어금니가 아파서
왼쪽으로만 절구질을 하고
남편은 왼쪽어금니가 아파서
오른쪽으로만 달구질을 합니다.

아내는 왼쪽볼때기가 항아리처럼 도드라지고
오른쪽볼때기는 합죽이가 되었고
남편은 오른쪽볼때기가 장군처럼 두드러지고
왼쪽볼때기는 합죽이가 되었습니다.

둘이 서로의 거울을 바라보며
목젖이 흔들리게 웃어대니
이 부부 어쩜 이리도 명품입니까?

우리 주님도
참 웃기십니다.

음계音階의 속뜻

도레미파솔라시의음계는천년전이탈리아의성직자음악가'구이도다레죠'가 작곡작사한노래'세례자요한탄생축일의저녁기도'에서가져왔다고합니다

Do는 Dominus(하나님). 음계에서 '도'로
Re는 Resonare(하나님 음성). 음계에서 '레'로
Mi는 Mira gestorum(기적). 음계에서 '미'로
Fa는 Famili tuorum(가족). 음계에서 '파'로
Sol은 Solve polluti(구원). 음계에서 '솔'로
La는 Lavii(입술). 음계에서 '라'로
Si는 Sancte Ioannets(거룩함). 음계에서 '시'로

음계는하나님께연결되어있어하나님의말씀을사모하고하나님의기적을찬양하며하나님의아들로서하나님의구원과사랑을전하고선포하여세상을회개케하고새로태어나도록세례를행하라는내용으로되어있다고합니다

도레미파솔라시도는주님의말씀으로나는알파와오메가요처음과마지막이며시작과마침이라는뜻을나타낸다으뜸화음인도미솔은하나님의사랑을의미한다학문과예술의근거는결국하나님을찬양하는데에있다고합니다

우리가악보를읽는계명의원뜻은하나님의위대함을찬양하고우리의삶은하나님의뜻에달려있고우리가무엇을하거나하나님의영광을찬양하기위한것이니음계가하나님의백성이살아가는바른길임을깨달으라고한답니다

나는 누구일까요

흙속에 묻혀 살던 토란이랑 생강이 여행을 나섰다가 길가 바위에 앉아 쉬고 있는 곶감을 보고 토란이 부러운 듯 생강에게 말했답니다.

—야, 곶감이다. 참 예쁘게 생겼구나.
—흥, 저게 예쁘긴 뭐가 예뻐.
—우와, 뽀송뽀송하고 뽀얀 저 피부 좀 봐.

토란과 생강의 대화를 듣고 있던 곶감이 좀 돋보이려고 자리를 털고 슬그머니 일어섰는데 몸에 묻어있던 하얀 가루가 바람에 날렸답니다. 생강이 그럴 줄 알았다는 듯이 손뼉을 치며 냅다 소리를 질렀답니다.

—거봐. 제까짓 게 예쁘긴 뭐가 예뻐.
—화장발이면 어때. 나는 부럽기만 한데.

나는 토란인가요?
나는 생강인가요?
나는 곶감인가요?

쌀이 왔어요

아무리 먹을 게 천지라고 해도
학교에서는 쌀만큼 반가운 게 없어요.

100명이 모여도 굶은 적은 없도록
주님은 절대로 쌀독을 비우지 않으셔요.

쌀은 피와 땀 속에서 피는 보석이고
박꽃 같은 백성들의 알뜰한 정성이어요.

오늘도 예쁜 여학생들이
좀도리쌀을 햇볕보자기에 담아왔어요.

옹글게 영근 진주알의 웃음은
아름다운 사랑의 하모니였어요.

하늘이 눈 같은 마음을 내리고
이웃이 하얀 소망을 보내줬어요.

먹을 것 나눔은 감사의 꽃
우리 가슴 언제나 넉넉하지요.

3부

아파도 웃는 나라

폐지 줍느라 은행에도 못 가
새벽마다 종이돈을 다린답니다.

오만 원짜리, 일만 원짜리보다
할머니의 1000원짜리 돈이 뜨겁답니다.

외팔이 봉사대

이 권사는 골수에 알밴 칡뿌리 키우고
윤 권사는 관절마다 천둥번개 키우고
한 권사는 바람맞은 신경에 성게를 키웁니다.

안 권사는 가슴에 화롯불 활활 키우고
남 권사는 삭신에 찔레 가시 키우고
조 사모는 어깨에 맷돌 들들 키웁니다.

화요일마다 좁은 부엌에 모여
뜨거운 찬양으로 밥을 짓고
웃음 가마솥에 국을 끓입니다.

외팔이 아닌 연신내 외팔이 여인들이
물빛공원을 향해 호산나깃발을 날립니다.

한 권사는 황새처럼 국 수레를 끌고
남 권사는 콩새처럼 밥 수레를 밀고
윤 권사는 고추파스로 손님을 끕니다.

한 권사는 눈발 속에서 밥을 푸고
조 사모는 안개 저어 국을 푸고
하늘나팔수 이 권사는 줄을 세웁니다.

모두가 쑤시고 저린 외팔이들인데
저마다 만병통치 명의名醫를 모시고 있어
외팔이 봉사대는 아파도 웃습니다.

참 바쁘셔요

한뎃잠 사내들 게처럼 엉기는
연신내 물빛공원에
비옷 들고 찾아오시는 주님

두루미 영감님들 기미처럼 앉은
연신내 물빛공원에
우산 들고 찾아오시는 주님

할머니들 합죽합죽 모여드는
연신내 물빛공원에
멍석 메고 찾아오시는 주님

베데스다 기적의 물소리로
밥 푸고, 국 푸느라 아픈 꽃들
목말 태우러 찾아오시는 주님

큰 국통 리어카 끌어주러
큰 밥통 손수레 밀어주러
굵은 알통으로 찾아오시는 주님

엄지 척, 내 친구들
오메 곱상한 내 각시들
헹가래치러 찾아오시는 주님

물빛공원의 만나

빈 머리 채우러 달려가는
여인들의 머리를 주님께서 맑히십니다.

빈 가슴 채우러 달려가는
여인들의 가슴을 주님께서 밝히십니다.

빈 마음 채우러 달려가는
여인들의 마음을 주님께서 운전하십니다.

저녁 아침 굶은 노숙자露宿者들에게
주님께서 따뜻한 만나를 먹여주십니다.

혼자가 싫어 나온 홀로노인에게
주님께서 손수 눈물을 먹여주십니다.

밥 한 그릇, 국 한 그릇 배 채운
나그네들을 주님께서 안아주십니다.

낮이고 밤이고 불 밝힌 주님의 쉼터
연신내 물빛공원.

아파도 웃는다

-정다운노인대학구호

아파도 웃는 여인들에게
주님은 봄비처럼 내리십니다.

주님이 내리는 는개비에
밤중 같은 머리채가 젖습니다.
주님이 내리는 안개비에
창백하던 얼굴이 발그레해집니다.
주님이 내리는 이슬비에
석회 같던 가슴이 유柔해집니다.
주님이 내리는 가랑비에
씨도 없는 꽃문이 벌어집니다.
주님이 내리는 보슬비에
구둣솔 같던 발바닥이 연해집니다.
주님이 내리는 부슬비에
멍에 지던 어깨가 홀가분해집니다.
주님은 봄비처럼 내리십니다,
아파도 웃는 여인들에게.

사랑의 힘

내가 주님을 사랑하면 아파도 웃게 되는가요? 내가 주님을 사랑하면 항상 기쁘게 되는가요? 내가 주님을 사랑하면 쉬지 않고 기도하게 되는가요? 내가 주님을 사랑하면 범사에 감사하게 되는가요? 내가 주님을 사랑하면 어려워도 나누게 되는가요? 내가 주님을 사랑하면 가난한 자를 섬기게 되는가요? 내가 주님을 사랑하면 어려운 곳에서 복음福音을 전하게 되는가요? 내가 주님을 사랑하면 영혼을 구하러 나서게 되는가요?

아파도 좋아서

주님은 우리를 사랑하시기에
아파도 좋아서 웃으시는데.

찬양만 잘하면 그만입니까? 말씀만 잘하면 그만입니까? 방언만 잘하면 그만입니까? 기도만 잘하면 그만입니까? 교회만 잘 나가면 그만입니까? 인기만 높으면 그만입니까? 봉사만 잘하면 그만입니까? 기부만 잘하면 그만입니까? 헌금만 잘하면 그만입니까? 선교만 잘하면 그만입니까? 전도만 잘하면 그만입니까?

주님은 우리를 사랑하시기에
아파도 좋아서 웃으시는데.

독버섯

독버섯은
왜 더 빛이 나는가요?

독버섯은
왜 더 눈에 띄는가요?

독버섯은
왜 더 탐스러운가요?

독버섯은
왜 더 향기로운가요?

마음

제 마음이 시궁창이 되고 있어요.
이 사람도 피해가고 저 사람도 피하네요.

제 마음이 바다 되게 해주세요.
이 사람도 살려내고 저 사람도 살려내게요.

제 마음이 돌밭이 되고 있어요.
이 사람도 부서지고 저 사람도 부서져요.

제 마음이 꽃밭 되게 해주세요.
이 사람도 쉬어가고 저 사람도 쉬어가게요.

제 마음이 가시가 되고 있어요.
이 사람도 아파하고 저 사람도 아파해요.

제 마음이 샘물 되게 해주세요.
이 사람도 살아나고 저 사람도 살아나게요.

물음

절망을 위하여 웃어 보았는가요?
희망을 위하여 울어 보았는가요?

고통苦痛이 겨워서 웃어 보았는가요?
희락喜樂이 겨워서 울어 보았는가요?

이웃이 기뻐서 웃어 보았는가요?
주님이 기뻐서 울어 보았는가요?

진짜 어른

아이와 어른은 나이가 아니라
받고 주는 것에 따라 나뉜답니다.

아이가 종일 얻어먹고 지내다가
키가 크고 무거워져 독립은 하지만
모두 어른이 되지는 않는답니다.

재물이 늘어나고 자리가 높아져도
부모자식에게 나눌 줄 알아야
비로소 어른이 되기 시작한답니다.

주님한테서 받고도 보채면 젖먹이인데
받은 것을 아웃에게 어떻게 베풀지
있거나 없거나 고민해야 어른이랍니다.

주님 사랑 나누고 기도하며
주님 향기 풍겨야 어른이랍니다.

주님의 바람

어른은 나이 관계없이
마음이 젊어지려고 애쓴답니다.

어른은 고집을 부리지 않고
이해와 아량을 베풀 줄 안답니다.

어른은 불쌍한 이에게 너그럽고
가난한 이웃을 따뜻하게 감싼답니다.

어른은 스스로 절약하고
재물이 많아도 겸손하답니다.

어른은 나한테 쓰기에 게으르고
남 위해 쓰는 일에 부지런하답니다.

어른은 많이 알고 있어도
더 배워야 한다고 생각한답니다.

어른은 아파도 혼자 참다가
하늘에 대고 호탕하게 웃는답니다.

주님은 바라신답니다,
예배당이 어른으로 가득하기를.

아파도 웃는 별님들

같은 병이라도 꽃 담으면 꽃병, 약 담으면 약병, 술 담으면 술병 되고, 같은 통이라도 밥 담으면 밥통, 국 담으면 국통, 별 담으면 별통 된답니다.

담는 것에 따라 곱상도 되고, 밉상도 된다니 불만, 시기, 욕심을 담으면 어둠의 새끼 되고, 사랑, 감사, 겸손을 담으면 빛의 아들이 된답니다.

나는 은하수여서 행복합니다.
내 눈길 닿는 곳의 모든 이웃들이
내 귓길 닿는 곳의 모든 이웃들이
내 숨길 닿는 곳의 모든 이웃들이
내 말길 닿는 곳의 모든 이웃들이
내 발길 닿는 곳의 모든 이웃들이
내 손길 닿는 곳의 모든 이웃들이
내 얼길 닿는 곳의 모든 이웃들이
복된 별님들이라 행복합니다.

별님들은 사랑, 감사, 겸손, 섬김으로 살기에 믿음을 위해 인내하고, 나눔을 위해 절약하고, 소망을 위해 순종하며, 이웃 섬기기며 마음 편히 산답니다.

세상은 수렁과 흙탕물이지만 나의 별님들은 생수를 마시고, 세상은 전쟁과 질병의 도가니이지만 별님들은 아파도 웃으면서 정말 행복하게 산답니다.

으뜸가는 선물

지진 같은 진통을 물고
천둥 같은 산통을 물고

가장 높은 곳에서 보내시는
으뜸가는 선물을 기다립니다.

그 화한 아픔 어찌 모르랴만
생살 찢김에도 끝까지 참으라 하십니다.

그 완전한 고독 어찌 모르랴만
무인도 바람처럼 웃으라 하십니다.

두려워도 빛의 씨앗 아닌가요?
힘들어도 빛의 열매 아닌가요?

화산처럼 빼개지는 아픔 모르랴만
아내는 평강을 읽습니다.

번개처럼 쪼개지는 아픔 모르랴만
아내는 희망을 삼킵니다.

매운바람 없이는 봄 오지 않듯
눈물 없이 얻는 기쁨 없답니다.

가시와 못과 창의 찌름에도
목숨 주고 살리신 아픈 십자가.

아파도 웃으며 살아요

주님,
아파도 웃으며 살아요.

류머티즘 관절염 30년에 마디마디 가시화살 꽂혀요. 사금파리에 손가락 벤 날 맞던 마취주사보다 더 아파요. 도둑개 송곳니에 물려 등허리에 맞던 광견병주사보다 더 아파요. 씨동무 떠나보내고 그믐밤 달빛에 취하던 가슴보다 더 아파요. 흔들리는 어금니로 깨문 깍두기에 사무치던 진저리보다 더 아파요. 우리 엄니 하늘나라에 오르신 날 찢어지던 목구멍보다 더 아파요. 첫 아이의 산통보다 더 아파요. 무릎에 벌침을 맞아 내닫던 때보다 더 아파요. 창밖 수십 길 땅바닥에 몸뚱이 내던지고 싶을 만큼 아파요. 톱으로 팔다리와 영혼까지 잘라다 버리고 싶을 만큼 아파요. 하지만 십자가에 가시관 쇠못 쇠창에 찔린 채 매달려 저희 대신 돌아가신 주님 아픔보다야 더하겠어요?

아파도 웃으며 살아요,
주님.

내가 있기에

암만 아파도 네가
웃으면서 지낸다고?

얘야, 네가 그 관절 가지고
정말 웃고 싶어서 웃겠느냐?

네 서방 나가서
밥 먹고 들어오면 좋겠지?

네 자식들
군대나 가버렸으면 좋겠지?

바람만 불어도 저리고
눈길만 스쳐도 쓰라리지?

하지만 내가 있기에
네가 아파도 웃지 않느냐?

헌금獻金

주일헌금 챙기다 만나는
1000원짜리 종이돈.

폐지 줍느라 은행에도 못 가
새벽마다 종이돈을 다린답니다.

오만 원짜리, 일만 원짜리보다
할머니의 1000원짜리 돈이 뜨겁답니다.

다리미질하며 마음을 펴고
거친 세상파도까지도 재운답니다.

하늘은행에서는 큰돈다발은 물론
1000원짜리에도 센 박수를 보낸답니다.

수표 한 장보다 따뜻한
1000원짜리 종이돈.

경고등警告燈

예배당에 가서,
성냄 보고, 보챔 보고, 흉봄 보고, 다툼 보고, 심판 보고, 타박 보고, 교만 보고, 욕설 보고, 졸음 보고 다 틀려먹었다고 혀를 찼더니,

예배당에 가서,
성내고, 보채고, 흉보고, 다투고, 심판하고, 타박하고, 교만하고, 욕질하고, 귀마개하고, 졸면서 아는 방식대로 예배드리고 왔더니,

예배당에 가서,
목자 안 보고, 말씀 안 듣고, 찬양 안 부르고, 기도 안 하고, 향기 안 맡고 왔더니, 눈에 실핏줄을 터뜨려 경고등을 밝혀주셨어요.

경고등 이후

주님 터뜨리신 눈의 실핏줄에 경고등이 들어왔어요. 불길이 하수구도 태우고, 그늘도 태우고, 울음도 태웠어요.

경고등이 눈에 들어왔어요. 입에 들어왔어요. 코에 들어왔어요. 귀에 들어왔어요. 머리에 들어왔어요. 가슴에 들어왔어요.

말씀 보고, 말씀 듣고, 말씀 입고, 말씀 먹으며 살겠다고 다짐했더니 믿음과 소망과 사랑의 등댓불로 바꾸어 주셨어요.

샘물로 살겠다고, 소금으로 살겠다고, 빛으로 살겠다고, 향기로 살겠다고 약속했더니 높은 횃불로 바꾸어 주셨어요.

순자야 좀 놀자

새벽기도에 무릎이 아프다고 대드니
“네가 관리 잘못했잖니?”하셨답니다.

순자야 좀 놀자
네가 너를 안 돌보니 혼내시잖아?

양성발작성체위성현훈陽性發作性體位性玄纁
아니, 이석증耳石症으로 쉬게 해주시잖아?

잠깐이라도 누워 쉬면서
다시 충전充電하도록 해주시잖아?

잠깐이라도 놀게 하시어
기운 차리도록 도와주시잖아?

영양제 주사를 놓아주시어
노인들 잘 모시라 쉬게 해주시잖아?

순자야 좀 놀자
이제 내 말도 좀 들어가면서.

변신變身

나는 변덕쟁이여요.
수박 밭에 들렀더니 마음에 초록색 줄이 가고, 메론 밭에 들렀더니 마음에 그물을 치고, 고추 밭에 들렀더니 마음에 매운 향을 칠하고, 찔레 밭에 들렀더니 마음에 가시를 돋우고, 동굴 속에 들렀더니 마음에 그늘을 바르고, 호롱 안에 들렀더니 마음에 웃음이 생기고, 예배당에 들렀더니 마음에 빛이 도는군요.
나는 변덕쟁이여요.

새벽기도

기쁨은 샘물처럼 하고, 성냄은 얼음처럼 하고, 슬픔은 바람처럼 하고, 즐거움은 악기처럼 하고, 사랑은 풍란처럼 하고, 미움은 모래처럼 하고, 꼴림은 안개처럼 하고, 용서는 폭포처럼 하고, 회개는 돌처럼 하게 해주세요.

양보는 아기처럼 하고, 이해는 기적처럼 하고, 인내는 가뭄처럼 하고, 봉사奉仕는 도둑처럼 하고, 감사는 암각화巖刻畵처럼 하고, 은혜는 뜨거운 눈물처럼 하고, 우정은 칡뿌리처럼 하고, 믿음은 바보처럼 하게 해주세요.

주님향기

주님향기는
금지구역 금지시간 없습니다.

눈곱 끼는 눈에
축농증 앓는 코에
고름 질질 흐르는 귀에
틀니 덜그럭거리는 입에
먼지 풀풀 나는 살갗에
목뼈 등뼈 허리뼈 마디에
앉을 때마다 구구 엉덩이에
삐걱삐걱 무릎 관절에
울렁거리는 뇌척수에
아픈 사지삭신에

주님향기는
새벽에서 새벽까지 오십니다.

상생相生

대장간에는
쇠끼리 삽니다.

풀무가 쇠를 녹이고
모루가 쇠를 사랑하고
망치가 쇠를 사랑합니다.

쇠가 쇠를 받치고
쇠가 쇠를 때려야
쇠에 날이 섭니다.

대장간에는
쇠끼리 삽니다.

4부

정다운포도원葡萄園 연가

삶이 저를 힘들게 하여
맡은 일 제대로 못하는 저일지라도
기쁨으로 단련鍛鍊 받는 무쇠처럼
대장장이의 노고는 못 잊게 해주세요.

찬양을 말하다

아무도 찬양을 이래저래 못하고
아무도 찬양을 가로막지 못하지요.

찬양은 가슴에서 샘물처럼 솟아나고
찬양은 머리에서 새싹처럼 돋아나고
찬양은 영혼에서 무지개처럼 뜨지요.

찬양은 가슴을 허물어 바람을 마시게 하고
찬양은 믿음의 어둠에 호롱을 밝히게 하고
찬양은 소망의 텃밭에 눈물을 뿌리게 하고
찬양은 사랑의 동산에 웃음을 켜게 하지요.

찬양은 죄악이 봄눈처럼 녹아들게 하고
찬양은 이기심이 새벽처럼 열리게 하고
찬양은 불행이 구름처럼 벗어나게 하고
찬양은 교만이 새댁처럼 공손하게 하고
찬양은 우울이 꽃잎처럼 춤추게 하지요.

찬양은 욕심이 지갑에서 나오게 하고
찬양은 원수가 포옹하러 나오게 하고
찬양은 미움도 사탕처럼 녹게 하지요.

아무도 찬양을 이래저래 못하고
아무도 찬양을 가로막지 못하지요.

포도연가葡萄戀歌

주님의 고난처럼 난해한 보라 옷을 벗기니
주님의 향기 같은 서풍의 연모가 보입니다.

어둠에 숨었던 잎과 꽃과 씨의 넋인
에덴의 태양을 겸손한 혀로 애무합니다.

수가성城 깨달음의 우물에서 길은
사마리아 여인의 새 물맛입니다. 셀라

입술에 신맛이 노을처럼 번지고,
찬양 같은 기쁨이 뇌수에 솟습니다.

수평선 너머 높은 임의 하늘에
연줄로 매달린대도 영영 자유롭습니다.

그 얽매임에서 풀리지 못한대도
바람처럼 도로사는 아름다움입니다. 샬롬

상속相續

젖먹이가 무조건 주고받은
사랑 맛
그 느낌 여든까지 간답니다.

사랑을 먹여준 엄마와
받아먹은 아기가
믿음이 하나라 그렇답니다.

엄마랑 아기랑 사이좋으면
나이가 차서
좋은 짝꿍 만나게 된답니다.

그물질

동이트자햇살이일렁거리고갈릴리바닷물이황금물고기비늘처럼우쭐거립니다드리웠던소망그물을걷어올립니다물고기가한마리도없습니다맥이빠져서벌렁드러눕습니다다시던졌다가걷어올립니다물고기가한마리도없습니다또던졌다가걷어올립니다물고기가한마리도없습니다빈그물질에기가막혀포기하고돌아가려는데기다리던선주가손짓을합니다

어부들이선주가시키는대로배의오른쪽에그물을던지자마자끌어올립니다물고기노래소리가들립니다어부들이미끄러질만큼갑판이기울어집니다그물이무겁게진동을합니다어부들의알통이터질것같습니다젖먹던힘까지다해서바닷가로끌어내어쏟아붓습니다바다에서물고기의산이옮겨졌습니다헤아려보니싱싱하게웃는놈으로백쉰세마리나되었습니다

이렇게많이잡아보기는난생처음입니다왼쪽바다에는그물을던져도물고기가없었지만오른쪽은선주의가두리양식장이라선주가부르면물고기들이다투어잡힙니다신이난어부들은풍어가를불렀습니다이제선주를알아봅니다갈릴리바다가햇빛에반짝이며손뼉을칩니다선주는고장난배를고쳐주고어부들의아픈데를만져주고굶주린어부들을먹여살리십니다

아기의 웃음

아기 웃음을
보노라면 배가 고파도

엄마가 웃고
아빠가 웃고
가족이 웃고

가정이 웃고
직장이 웃고
세상이 웃고

늘 굽어보던
해님도 허허허 웃지요.

연어 어미처럼

주님께서 '예루살렘의 딸들아, 나를 위하여 울지 말고 너희와 너희 자녀를 위하여 울라'고 말씀하셨습니다.

연어 어미는 막 바깥구경 시작한 새끼들이 먹이사냥 방법을 몰라서 굶어죽을까 걱정이 되어 그 자리를 떠나지 못한 채 눈도 못 감고 지켜본답니다.
연어 새끼들은 어미 냄새를 맡고 달려들어 젖가슴, 몸뚱이, 팔다리, 오장육부는 물론 영혼까지 닥치는 대로 쪼아 먹으며 삶의 굿판을 벌인답니다.
연어 어미는 창에 찔리고 칼에 찢기는 아픔을 참고 견디며 새끼들이 어미의 살점을 먹고 쑥쑥 자라서 먼바다로 나가기를 기도하면서 죽는답니다.

앙상하게 뼈만 남은 어미 연어에서 주님을 보며 눈만 뜨면 달라고 보채는 나를 생각하니 낯이 뜨겁습니다.

가물치 새끼처럼

주님께서 '네 부모를 공경하면 네 하나님 여호와가 네게 준 땅에서 네 생명이 길 거라'고 하셨습니다.

진통산통에 기진맥진하고 산란産卵하자마자 고압전류에 쏘인 듯 죽어가는 어미에게 금세 부화孵化한 새끼들이 순서대로 어미 입을 찾아 들어간답니다.

굶주린 어미는 들어오는 새끼들을 눈물로 삼키고 목숨을 이어가지만 어미에게 몸을 통째로 바친 새끼들은 거의 먹히고 십분의 일만 살아남아 떠난답니다.

주님께서 '할 수 있거든 효도한다는 게 무슨 말이냐. 저절로 효도하라'고 호통하시니 부끄럽습니다.

소라게의 등짐

등짐 지고 가는
소라게를 봅니다.

십자가 같은 손전등을 휘저으며 기어갑니다. 이슬로 입술을 축이며 기어갑니다. 제 땀을 핥으며 기어갑니다. 제 오줌 마시며 기어갑니다. 제 피를 태우며 기어갑니다.

모래밭이라도 기어갑니다. 자갈밭이라도 기어갑니다. 가시밭이라도 기어갑니다. 얼음다리라도 기어갑니다. 출렁다리라도 기어갑니다. 유황불다리라도 기어갑니다.

소라게는 목숨 잃을 줄 알면서도 해골산에 오르는데 믿음과 소망과 사랑에 남의 짐까지 지었습니다. 어둠과 미혹迷惑과 거짓과 죄악을 물리치는 묘약妙藥입니다.

등짐 지고 가는
소라게를 봅니다.

나전칠기장인螺鈿漆器匠人

세상 목숨이 끊어져 내다버린 소라껍데기를 데려다 갈고 닦아 새 생명의 숨을 불어넣고, 하늘의 영롱한 빛을 끌어다 신비로운 새 빛으로 탄생시키는 나전칠기장인의 손을 봅니다.

하늘의 영원한 빛이 낮은 세상에 스스로 내려오시어 부서지고, 깨지고, 금가면서도 죽을 목숨을 찾아 씻고, 갈고, 맞추고, 때우고, 닦고, 빛내서 새순 만드시는 주님을 우러릅니다.

완벽完璧을 만나다

남을 흉보고, 속이고, 숨기고, 감추고, 해코지하고 살면서도 완벽해질 수 있다고 허물을 감춘 채 서슬 퍼렇던 내가 어쩌다 실수하면 이웃들이 박수와 함성으로 환호합니다.

소스라치게 놀라서 비통해진 내가 구름 낀 들판에서 해님 계신 쪽을 향하여 진종일 머리를 두는 해바라기를 본받아 하늘을 향하니 거기에 진정으로 완벽한 빛이 있었습니다.

오직 그곳을 가리키는 푯대를 따라 나아가는 것만이 완벽을 향하는 길임을 늦게야 깨달으며, 완벽한 그분도 제가 그렇게 따라가는 것을 기뻐하실 거라고 믿게 되었습니다.

진주 종패種貝를 품고도 아픈 웃음으로 살아가는 조개처럼 완벽을 사모하는 삶이, 완벽을 위한 삶이, 완벽에 의한 삶이 세상을 가장 옹글게 사는 길임을 믿게 되었습니다.

넘어지고 자빠지며 실수를 연발할 수밖에 없는 존재이기에 완벽한 분을 찾아야 함을 알고, 잠에서 깬 내가 따르기를 학수고대鶴首苦待하시는 완벽에게 감사를 드립니다.

버스 타기

교통천국 서울에 사는 나는 버스만 타면 바라는 곳까지 갈 수 있는데도 눈 감고, 귀 틀어막고 살았습니다.

벽돌담 높이 쌓고, 쇠문을 잠근 채 아무도 들어올 수 없다고, 나가지도 못한다고 큰소리치며 살았습니다.

늘그막에야 아내한테 등을 떠밀려 한길까지 나오기는 했지만 버스는 오는데도 자꾸 뒤를 돌아보았습니다.

버스가 와서 '어서 타, 어서 타' 친절한 기사님이 부르는데도 귀 어두운 나는 다른 차만 찾고 서있습니다.

잉어와 돼지

물을 마시면서도 잉어는 목말라한답니다.
밥을 먹으면서도 돼지는 배고파한답니다.

잉어가 강물 속에서도 목마르게 사는 것은 순종順從의 물길을 거슬러 오르기에 그렇고, 돼지가 먹을 것 속에서도 배고프게 사는 것은 하늘의 계시啓示를 우러르지 못하기에 그렇답니다.

강물에서 목마름 풀어줄 이는 누구일까요?
풍요에서 굶주림 채워줄 이는 누구일까요?

맡김

호박이 새순 돋아 삼복의 고개를 넘어 무성해진 줄기는 열매를 미리 생각하지 않고 뻗어나가기에만 최선을 다하듯 사람도 태어나 미리 몇 살을 산다고 작정하지 않는답니다.

호박이 서둘러 잘못 뻗은 줄기가 있으면 농부가 가위질로 잘라주거나 잡아매거나 옮기면서 바르게 자라기를 도와주면 입추가 지나서야 겨우 열매를 생각하기 시작한답니다.

저는 주어진 길에 최선을 다하여 걸어가다가 길을 잘못 잡아 비뚤어지면 주님께서 돌보아주시니, 주님만 믿고 앞으로 나아가기만 하면 저의 책임을 다하는 것이랍니다.

농부의 눈에 띄지 않아 잎만 무성하면 꽃과 열매가 열리지 않듯 주님의 눈에서 벗어나면 열매가 되지 못하지만 주님을 바라보고 따르면 아름다운 열매로 가꾸신답니다.

주님은 부싯돌처럼

부싯돌은 스스로 불을 켜지 못하고, 홀로 편안히 앉아서는 결코 불을 켤 수가 없답니다.

몸을 사정없이 부딪쳐 살점이 떨어지고, 뼈가 부서지고, 손발이 잘라지고, 피가 솟고, 땀이 쏟아지고, 견디지 못하게 용솟음치는 영혼의 아픔을 참아내야만 암흑에다 불을 켤 수 있답니다.

나는 몸 던져 광야에 불 밝히는 부싯돌이니, 너도 부싯돌을 본받으며 살라고 이르십니다.

백자처럼 청자처럼

백년이 지나도 달빛 머금은 백자처럼, 천년이 지나도 물빛 머금은 청자처럼 살고 싶습니다.

가진 게 없어도 남을 돕는 사람이 되고, 아무리 바빠도 양보하는 사람이 되고, 남이 피하는 힘든 일도 해내는 사람이 되고, 남의 허물 포근히 감싸는 사람이 되고, 생각만 떠올려도 위로되는 사람이 되고, 함께 살면서 밝은 웃음 주는 사람이 되고, 남의 아픔 덜어주는 사람이 되고, 보기만 해도 넉넉해지는 사람이 되고 싶습니다.

이천 년이 지났어도 이름만 부르면 달려오시어 향기롭게 살리시는 주님처럼 살고 싶습니다.

곡선曲線의 힘

길은 험한 광야를 휘도는 노래요,
빛을 뿌리러 어둠의 마을을 찾는 노래입니다.

계절은 하늘에 시간과 공간을 창조하고,
땅에 생명을 낳아 기르는 산모입니다.

인생은 형형색색의 날줄과 씨줄로
세월의 옷감을 짜는 사차원의 놀이터입니다.

곡선은 믿음이요, 소망이요, 사랑인데
저는 세상을 직선으로 만든다고 고집했습니다.

목자牧者

목자牧者는 뼈가 부서져도 아파할 권리를 잃었답니다. 숨골이 막혀도 슬퍼할 자유를 잃었답니다. 더 주고 싶어서 찾아서라도 또 주고, 다 주고 싶어서 꾸어서라도 또 주어야 한답니다.

목자牧者는 아파도 아파하지 못하고, 슬퍼도 슬퍼하지 못하고, 날마다 개벽開闢하고, 날마다 부활復活하고, 날마다 감사感謝를 먹고, 날마다 오래 참고, 날마다 안식安息해야 한답니다.

고향열차故鄕列車에 타라

돈이 없어도, 선물이 없어도, 옷을 못 입었어도, 취직이 안 됐어도, 대학에 못 붙었어도, 시집장가를 못 갔어도, 승용차를 못 탔어도, 군대에 못 갔어도, 승진을 못 했어도, 집을 못 샀어도, 약속을 못 지켰어도, 심신이 거북해도, 믿음의 차표를 받으면 고향열차를 타야 합니다.

산 넘어 강 건너 들 지나 달리고, 햇빛 달빛 별빛 쐬며 달리고, 눈에 비에 태풍에 달리고, 지진에 해일에 달리고, 가정에서 마을에서 직장에서 달리고, 군대에서 교도소에서 교회에서 달리고, 어제도 오늘도 내일도 달리고, 영원까지 소망으로 달리는 고향열차를 타야 합니다.

이제까지 허랑방탕했어도, 청개구리처럼 살았어도, 주먹질 발길질로 살았어도, 험담하거나 욕설하며 거짓으로 살았어도, 플랫폼에 나섰으면 꾀부리지 말고, 뒤돌아보지 말고, 우물쭈물하지 말고, 해찰하지 말고, 곁눈질하지 말고, 핑계대지 말고 사랑의 고향열차를 타야 합니다.

레일도 없이 전천후로 달리는 초고속열차에서 추락하지 말고, 여우에 홀려 도중하차 말고, 꽃뱀한테 채여 환승하지 말고, 멍텅구리처럼 차표 흘리지 말고, 살쾡이 으박질에 차표 빼앗기지 말고, 밤낮없이 눈 빠지게 목 빠지게 기다리는 아빠를 만나러 고향열차를 타야 합니다.

천국노숙인天國露宿人

저는요, 가정에서 밉보여 식구들한테 따돌림 당하고, 회사에서 눈 밖에 나 정리해고 당하고, 일 없어 나라에서 이리저리 버림 당하다가 춥고 주린 배로 습한 길거리에 밤이슬 맞으며, 한뎃잠 자는 신세가 되었답니다.

저는요, 주님이 주신 옥토도 못 지켜 자갈밭 만들고, 주님의 씨앗노릇도 못하여 티끌이 되었고, 주님의 열매노릇도 못하여 죽정이가 되었고, 주님의 호롱불노릇을 못하여 심지도 끊기고, 기름도 떨어진 알거지가 되었답니다.

저는요, 독사처럼 악독하면서, 간사함과 교묘한 속임수와 사탕발림으로 궤휼詭譎하면서, 일곱 색 탈을 쓰고 겉만 번지레 외식外飾하면서, 이웃을 새우고 미워하고 원망하며 허물이나 찾아 수군거리는 빙충이가 되었답니다.

저는요, 세상에 방 한 칸 없이 살다가 못난 내 자식 불쌍히 여긴 아버지께서 한번 봐주시어 천성天城에는 들이셨지만 주춧돌 하나, 기와 한 장, 땡전 한 푼 못 올리고, 구석진 그늘에 빈대처럼 빌붙은 노숙인이 되었답니다.

무쇠처럼

삶이 저를 힘들게 하여
뜨겁고 아프게 살지만
모루 위의 무쇠처럼
대장장이에게 대들지 않게 해주세요.

삶이 저를 힘들게 하여
물과 불에 까무러치며 살지만
불가마 속 무쇠처럼
대장장이가 욕辱되지 않게 해주세요.

삶이 저를 힘들게 하여
맡은 일 제대로 못하는 저일지라도
기쁨으로 단련鍛鍊 받는 무쇠처럼
대장장이의 노고는 못 잊게 해주세요.

삶이 저를 힘들게 하여
망치질과 담금질을 받으며 살지만
대장장이에게 온전히 의지해야
천복天福임을 잊지 않게 해주세요.

떨어지지 않는 낙엽

꽃이 피고, 꽃이 지고, 열매 거두고, 단풍 들어 낙엽의 때가 되었어요. 칼바람은 어서 내려가라고 재촉을 하지만 나는 절대로 떨어지지 않을 거여요.

내가 지쳐서 놓치거나 싫어서 뿌리치지 않으면 나무는 나를 놓지 않아요. 나무는 손목이 부러지게 아파도, 팔이 저려도 끝까지 나를 붙잡아주지요.

나무를 믿지 않은 적이 한 번도 없어요. 내가 날마다 나무에게 신선한 햇빛과 산소를 바치면 나무는 나에게 맛난 양식과 아끼는 수액樹液을 먹여요.

나무는 세상이 끝나는 날까지 나를 꽉 잡고 있다가 가을하늘로 올려줄 걸 확신해요. 낙엽落葉은 떨어지는 잎이지만 나는 떨어지지 않는 낙엽이지요.

메롱

잇몸에 지진이 세게 찾아와서 귀가 저릿저릿 쑤시고 영혼까지 흔들리기에 한동안 망설망설 앓다가 기도를 하고 동네의 한산한 치과를 찾았어요.

늙은 환자를 얕잡아보지 않고 반가운 손님으로 맞이하는 것이 남의 묵정밭을 바라보는 게 아니라 저만의 비밀 꽃밭을 손질하려는 눈길이었어요.

숨었던 천사들이 뿌리 깊이 곪아 썩은 송곳니를 뽑는데 벌새가 꿀을 길어 올리는 듯하고, 수세미처럼 헐고 부푼 입술에 새순 같은 손길이었어요.

순간, 의사가 팔순 다된 나한테 "메롱"하래요. 쿡쿡 웃음을 참고 난생처음 '메롱'하다가 이런 생각을 했어요. 내가 "메롱"하라면 주님도 "메롱"하셨을까요?

배구공처럼

내 나라를 아프게 하지 말고
채찍으로 때리지 말고, 가시로 찌르지 마세요.

내 나라를 독사의 눈으로 흘기지 말고
진흙발로 짓밟지 말고, 적에게 버리지 마세요.

'하나 둘 셋'
'하나 둘 셋'

내 나라를 악의 수렁에 빠뜨리지 말고
넓고 푸른 하늘에서 배구공처럼 살게 하세요.

독초毒草는 그냥 풀입니다

독초가 저희끼리는 독초가 아니라 제 영역을 지킬 뿐 남의 지경을 침범하지 않고, 제 넋을 지키는 정당방위자랍니다. 독초는 평화주의자이기에 남을 해치지 않는 그냥 풀입니다.

투구꽃은 다른 풀 때문에 투구를 쓰지 않고, 미치광이풀도 다른 풀을 미치게 하지 않고, 애기똥풀도 다른 풀에게 똥칠을 하지 않고, 천남성 풀도 다른 풀을 죽이지 않고, 은방울꽃도 다른 풀에게 방울을 울리지 않고, 현호색풀도 다른 풀을 유혹하지 않고, 족두리풀도 제 빛을 뽐낼 뿐 다른 풀을 해코지하지 않는데 남들이 제가 좋아 건드려놓고 제가 해를 입을 뿐입니다.

독초도 저희끼리는 독초가 아니라 제 영역을 지킬 뿐 남의 지경을 침범하지 않고, 제 넋을 지키는 정당방위자랍니다. 독초는 평화주의자이기에 남을 해치지 않는 그냥 풀입니다.

벌써 다 나았다

베데스다 연못가에 해묵은 병으로 절망하는 병자가 있었는데 찾아오신 주님이 누워서 구원만 기다리는 그에게 물으셨어요.

–당신이 진정 낫기를 원하시오?
–연못에 들고 싶어도 넣어줄 사람이 없어 병을 못 고쳐요.
–그럼 자리를 털고 지금 일어나서 걸어보시오.

그는 명령에 믿음이 생겨 온몸에 힘이 돌고, 아픈 곳이 사라지는 것을 알고 벌떡 일어나 달려가서 감사인사를 했어요.

–선생님, 제 병을 고쳐주셔서 정말로 고마워요.
–당신의 병은 벌써 다 나았으니, 다시는 죄를 짓지 마시오.

사랑아, 시키는 대로 순종한 병자에게는 기적이 일어나 38년간 누웠던 자리를 털고 일어나 걸을 수가 있었어요.

사랑아, 이것이 주님을 믿고 따르는 사람에게 주시는 복이니, 진정으로 따르면 어떤 어려움도 이겨낼 수 있어요.

사랑아, 병자를 고치러 찾아오시는 주님의 사랑과 은혜에 감사하고, 기도하면 이런 아픔쯤 곧 물리칠 수 있어요.

꼬끼오 꼬꼬댁 꼬꼬
–선달그믐밤의 기원

꼬끼오 꼬꼬댁 꼬꼬
거울 없애고, 달력 없애고, 시계 없애고, 전등 없애고, 책장 없애고, 그릇 없애고, 텔레비전 없애고, 컴퓨터 없애고, 장롱 없애고, 명함 없애고, 신문 없애고, 편지 없애고, 전화 없애고, 카드 없애고, 신발 없애고, 술과 담배 없애기를 기도합니다.
꼬끼오 꼬꼬댁 꼬꼬
부정 없애고, 눈치 없애고, 욕심 없애고, 모순 없애고, 선동 없애고, 고집불통 없애고, 체면 없애고, 사상 없애고, 이념 없애고, 권모술수 없애고, 함성 없애고, 이기심 없애고, 촛불 없애고, 횃불 없애고, 깃발 없애고, 플래카드 없애기를 기도합니다.
꼬끼오 꼬꼬댁 꼬꼬
독설 없애고, 시기심 없애고, 배신 없애고, 짝사랑 없애고, 나이 없애고, 주먹 없애고, 핑계 없애고, 갈등 없애고, 불법 없애고, 위협 없애고, 억지 없애고, 눈곱 없애고, 귀지 없애고, 코딱지 없애고, 이똥 없애고, 겉때 속때 없애기를 기도합니다.
꼬끼오 꼬꼬댁 꼬꼬
새 빛의 나라에 들어가지 못하도록 훼방하는 멍에와 칭칭 동여매는 동아줄과 심신을 겹겹이 두르는 껍데기와 버려야할 해묵은 것들을 훌훌 벗어던지고, 맨몸과 맨정신으로 새 문지방을 넘어서 천계天鷄의 마당으로 나아가기를 기도합니다.

나의 길

반석처럼 나를 눕혀서 남을 세우게 하고, 악기처럼 나를 때려서 남을 기쁘게 하고, 풍선처럼 나를 비워서 남을 오르게 하고,

소금처럼 나를 녹여서 남을 맛나게 하고, 나무처럼 나를 베어서 남을 따습게 하고, 촛불처럼 나를 태워서 남을 빛나게 하고,

흙처럼 나를 구겨서 남을 넉넉하게 하고, 바람처럼 나를 굽혀서 남을 시원하게 하고, 종처럼 나를 울려서 남을 평강케 하고,

주님처럼 나를 낮춰서 남을 높이게 하고, 주님처럼 나를 먹여서 남을 살지게 하고, 주님처럼 나를 죽여서 남을 살리게 하고.

설빔

아빠 사랑합니다. 아빠를 사랑한다는 말 처음 드리고
아빠 존경합니다. 아빠를 존경한다는 말 처음 드리니
영하 10도 서북풍 차가운데 천릿길 하나도 춥지 않아서
난생처음 행복한 설이었어요.

엄마 사랑합니다. 엄마를 사랑한다는 말 처음 드리고
엄마 존경합니다. 엄마를 존경한다는 말 처음 드리니
영하 10도 수돗물 시렸는데 설거지 하나도 싫지 않아서
난생처음 행복한 설이었어요.

이번 설모임에는
마음에 안 드는 사람에게도 웃음 아끼지 않고
마음의 문 활짝 열어 고운 얼굴 보여주고
아프게 하는 말이나 사나운 얘기는 안 했어요.

이번 설모임에는
생각과 사정이 달라도 갈라져서 따지지 않고
가정과 나라의 화합과 평강을 위해 기도하고
사랑으로 호고 누비고 감치며 설빔 지었어요.

나는 시인이다

달리다 굼(Talitha Koum)
주님께서는 꼭 필요한 사람을 다시 일어나게 하시어 귀하게 쓰신답니다. 넘어진 자리에서 일어나 스스로 다스리게 하신 뒤에 비로소 크게 쓰신답니다. 그래요. 슬픔과 고독과 아픔의 자리에서 다시 일어나는 사람이 크게 쓰인답니다.

달리다 굼(Talitha Koum)
넘어진 자리가 절망을 맛보게도 하지만 누구에게는 희망의 꽃자리가 되기도 한답니다. 주님께서 쓰시는 사람은 넘어지지 않은 사람이 아니라 숱하게 넘어지고도 그 자리에서 상처를 딛고 다시 일어나 걸어가는 사람이랍니다.

달리다 굼(Talitha Koum)
시인을 고귀하게 만드는 고통은 샤론의 장미처럼 예쁘답니다. 시인은 선물을 피하지 않고 가슴에 씨를 묻고, 머리에 싹을 틔우고, 핏물로 꽃을 피워서 하늘에 걸며, 산통産痛의 고개를 넘고 일어나는 어머니 같은 사람이랍니다.

빛의 씨앗이라도

내가 빛의 아들이라도
믿음과 소망이 씨앗처럼 한결같다고는 하지만, 사랑이 씨앗처럼 뜨겁다고는 하지만, 빛 앞에 알몸을 드러내고 하늘 바라보며 서있어도 빛에 들어가지 못하면 빛이 될 수 없답니다.

내가 빛의 아들이라도
내가 빛을 받아먹지 못하면 내가 빛이 될 수 없고, 내가 빛을 어두운 이들에게 나눠주지 못하면 내가 빛이 될 수 없어서 거센 햇볕에 타버리거나 흙에 묻혀 썩어버리고 만답니다.

정다운포도원

정다운포도원으로 오시오
당신이 걸을 수 있을 적에.

넓은 포도원을 비우고
소중한 포도 알, 당신을 기다립니다.

우리 포도원으로 오시오
당신이 먹을 수 있을 적에.

있을 건 다 갖추었고
당신에게 줄 먹을거리도 넉넉합니다.

우리 포도원으로 오시오
당신이 들을 수 있을 적에.

무쇠로 담을 두르고
소중한 포도 알, 당신을 지키렵니다.

마음먹고 당신을 부를 적에
서둘러 정다운포도원으로 오시오.

이사移徙

코로나19로 인하여 움츠리고 어려워하는 가운데에서도 가멸찬 가을걷이를 허락하신 주님께 고맙습니다.

흩어진 알곡들을 한 단으로 묶으시어 사나운 바람재, 아스라한 골짜기, 펄펄 끓는 용암내, 신음하는 소용돌이, 캄캄한 밤중을 지나 새로 마련하신 벽산碧山에 앉히시고, 아름다운 일산복음 자리와 지혜로운 목자, 지순한 이웃들을 끌어안게 기회를 주신 주님께 참 고맙습니다.

골고다의 승리를 뇌리에 새겨 우울하지 않고, 화내지 않고, 절망하지 않으며, 황홀한 만남을 이루게 하소서.

시인의 말

부끄러움과 감사의 노래

임웅수

시집 제목인 '아파도 웃는 나라'는 정다운노인대학의 구호口號 '아파도 웃는다'에서 왔습니다. 모임, 공부시간, 식사시간, 봉사시간, 등하교시간에 이 구호를 외치면 아픔이 사라지고, 웃음이 회복되고, 기력이 솟아나고, 입맛이 살아났습니다.

참 오래 미루고 기다렸습니다. 2007년에 시집 '별에서 부는 노래처럼'을 상재上梓하고 14년 만에 '아파도 웃는 나라'를 내놓습니다. 14년 동안 운영하던 노인대학을 접고 보니, 그냥 지나가기가 좀 서운했던 모양입니다.

교편생활을 정년한 후에 사회복지사, 요양보호사. 가정·성폭력상담사의 자격을 취득하고, 2006년 6월 1일부터 비영리사회복지기관인 '정다운노인대학'을 열었습니다. 그렇게 14년을 넘게 운영하다가 코로나19의 내습으로 학생들을 더는 모실 수가 없어서 2020년 9월 30일에 문을 닫았습니다. 그동안 어려운 가운데 몸으로, 물심양면으로 동행한 교회교직자, 교단의 동료들, 친구와 형제자매, 선후배와 제자들에게 진정으로 감사합니다.

노인대학을 열면서 감사하는 기도를 드렸습니다.

“주님, 저희가 사랑할 수 있는 나날을 열어주심에 감사합니다. 아름다운 세상에서 고귀한 생명들과 함께 살게 하심에 감사합니다. 이웃들과 진정한 교제를 허락하심에 감사합니다. 어르신들을 주인공으로 보내주심에 감사합니다. 저희가 어르신들을 아름다운 인격체로 존중하게 하소서. 어르신들을 진심으로 신뢰하고 사랑하게 하소서. 서로 협력하여 한결같은 마음으로 어르신들을 대하게 하소서. 올바른 삶의 귀감이 되게 하소서. 어르신들의 도우미가 되기 위해 항상 준비하게 하소서. 어르신들이 해야 할 일과 해서는 안 되는 일이 있다는 것을 행동으로 보여드리고, 어르신들이 자기 일에 독립심과 책임감을 갖게 하는 본보기가 되게 하소서. 어르신들이 가정과 이웃과 사회에 화합하는 사람이 되도록 본을 보이게 하소서. 어르신들의 개성을 살펴 얼마 남지 않은 삶이지만 앞길을 밝게 열어갈 수 있는 능력과 자신감을 찾도록 돕게 하소서. 어르신들의 돋보기가 되게 하시고, 어르신들의 보청기가 되게 하시고, 어르신들의 지팡이가 되게 하시고, 어르신들의 말씀을 끝까지 진지하게 들으며, 어르신들의 모든 질문에 성실히 대답하게 하소서. 어르신들의 생각을 가로막거나 무시하지 않게 하시고, 어르신들이 좀 어리석게 행동하거나 실수할 때에 비웃지 않게 하시고, 만족이나 체면을 세우려고 애쓰지 않게 하소서. 저희가 정직함이 귀함을 잊지 않게 하시고, 기분이 언짢을 때 입술을 지켜주시고, 어르신들이 젊은이처럼 행동할 수 없다는 것을 기억하게 하소서. 어르신들이 스스로 결정을 내릴 때까지 기다리게 하시고, 어르신들이 옳고 그름을 판단할 때까지 인내하게 하시고, 항상 감사와 친절로, 본받을 만한 도우미가 되게 하소서."

폐업신고를 마친 뒤에도 이웃노인들을 자주 만났습니다. 노인들은 집에 있어보았자 빈집이고, 밥을 먹으려 해도 먹을 게 마땅치 않아 밖으로 나오지만 오갈 데를 다 막히고 잃어버려 골목 계단에, 친구네 단칸 사글셋방에 웅크리고 앉아 시간을 죽입니다. 겉으로는 먹을 게 넘치는 나라, 복지시설이 잘되어 있는 나라, 돈 잘 주는 나라, 다른 나라를 도와주는 나라라고 하지만 뒷골목을 열고 들여다보면 초코파이를 처음 먹어보는 노인들도 많습니다. 노인대학 문을 닫고, 골목길에서 만나는 노인들에게 사탕이나 아이스크림을 사드리면 원뿔형아이스콘을 열 줄 몰라 쩔쩔매는 모습을 보면서 안타깝고도 부끄러웠습니다.

2021년 봄에 제가 팔순을 맞이합니다. 옛날 같으면 상늙은이지만 요즘세상에서는 젊은이입니다. 하지만 코로나19의 독가시가 늙은이들을 방안에 가두었습니다. 늙은이들은 면역성이 떨어져 한번 쏘이면 곧장 골(고태골)로 간답니다. 실내에 콕 박혀 지내는 중에 그동안 쉬지 않고 써두었던 허랑한 노래들 가운데 노인대학과 봉사와 감사에 관계되는 노래들을 솎아내어,

1부 땀도 눈물도 생수生水더라

2부 사랑도 기쁨도 공부더라

3부 아파도 웃는 나라

4부 정다운포도원葡萄園 연가

들로 분류하여 엮었습니다. 노인들과 배우고 가르치는 과정에서 고사, 예화, 학습자료 들을 인용하기도 하였습니다. 독자 여러분의 깊은 이해와 관심과 사랑을 기대합니다.

아파도 웃는 나라

임웅수 지음

발 행 처 · 도서출판 청어
발 행 인 · 이영철
영　　업 · 이동호
홍　　보 · 천성래
기　　획 · 남기환
편　　집 · 방세화
디 자 인 · 이수빈 | 김영은
제작이사 · 공병한
인　　쇄 · 두리터

등　　록 · 1999년 5월 3일
(제1999-000063호)

1판 1쇄 발행 · 2021년 2월 26일

주소 · 서울특별시 서초구 남부순환로 364길 8-15 동일빌딩 2층
대표전화 · 02-586-0477
팩시밀리 · 0303-0942-0478

홈페이지 · www.chungeobook.com
E-mail · ppi20@hanmail.net
ISBN · 979-11-5860-931-3(03810)
